Éste soy yo

Margarita Robleda
Ilustraciones de Maribel Suárez

ALFAGUARA

Éste soy yo

© De esta edición:
2006, Santillana USA Publishing Company, Inc.
2105 NW 86th Avenue
Miami, FL 33122, USA
www.santillanausa.com

© Del texto: 2006, Margarita Robleda Moguel

Editora: Isabel Mendoza
Dirección de arte: Jacqueline Rivera

Alfaguara es un sello editorial del **Grupo Santillana**. Éstas son sus sedes:
ARGENTINA, BOLIVIA, CHILE, COLOMBIA, COSTA RICA, ECUADOR, EL SALVADOR, ESPAÑA, ESTADOS UNIDOS, GUATEMALA, MÉXICO, PANAMÁ, PARAGUAY, PERÚ, PUERTO RICO, REPÚBLICA DOMINICANA, URUGUAY Y VENEZUELA.

ISBN 10: 1-60396-018-X
ISBN 13: 978-1-60396-018-2

Published in the United States of America
Printed in Colombia by D'Vinni S.A.
10 09 08 07   1 2 3 4 5 6 7 8 9

Library of Congress Cataloging-in-Publication Data

Robleda Moguel, Margarita.
    Este soy yo / Margarita Robleda Moguel; ilustraciones de Maribel Suárez.
    p. cm. — (Rana rema rimas)
    Summary: A young boy draws a portrait of himself, but the outcome is not at all what he expects.
    ISBN 10: 1-60396-018-X (alk. paper)
    [1. Drawing—Fiction. 2. Self-perception—Fiction. 3. Spanish language materials.]
I. Suárez, Maribel, 1952- ill. II. Title.
    PZ74.3.R535 2006
    [E]—dc22   2005030976

Para Eduardo Martínez Rubio

Éste soy yo.

1

Con ojos de gato,

2

sonrisa de luna

3

y orejas de ratón.

4

Con cachetes de fresa,

5

cabellos de lana,

6

manos de chocolate

7

y cuerpo de león.

8

¿Éste soy yo?

9

¡No! ¡Éste soy yo!

La autora

A **Margarita Robleda** le gusta que la llamen
"Rana Margarita de la Paz y la Alegría". Es una
escritora mexicana a quien le encanta jugar con las
palabras y usarlas para hacerles cosquillas a chicos
y grandes. Tiene más de 90 libros publicados.
Tal vez tú ya conozcas *Rebeca* o *Ramón y su ratón*.
También tiene libros de adivinanzas y trabalenguas.
En esta colección, esta rana rema y juega con las
rimas, y lo único que quiere es hacerte sonreír.

La ilustradora

Maribel Suárez nació en la Ciudad de México.
Estudió Diseño Industrial y obtuvo la Maestría en
Investigación de Diseño en el Royal College of Art,
en Londres, Inglaterra. Lleva más de 20 años
haciendo ilustraciones para libros infantiles,
y lo disfruta muchísimo.

Fin